La aventura cumpleaños de Pippa el Panda

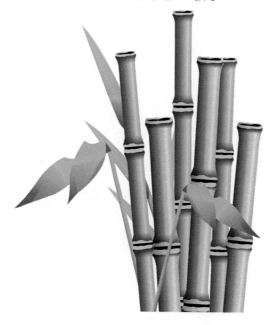

Este libro pertenece a:

_____

_____

Érase una vez, en el exuberante y verde bosque de bambú, vivía un pequeño y dulce panda llamado Pippa. Pippa cumplía cinco años y estaba ansiosa por celebrarlo con sus amigos del bosque. Su cumpleaños siempre fue una ocasión especial, llena de emoción y sorpresas.

Temprano en la mañana de su cumpleaños,
Pippa se despertó con el canto de los pájaros
y el susurro de las hojas. Apenas pudo
contener su emoción cuando saltó de la cama
y rápidamente se puso su lazo rosa favorito.
¡Hoy iba a ser una aventura!

Pippa partió por el bosque con el corazón lleno de alegría. Había invitado a todos sus amigos animales a su fiesta de cumpleaños y no podía esperar a verlos.

Mientras caminaba, se encontró con Timmy el Tigre, quien rugió de alegría cuando escuchó que era el día especial de Pippa.

"¡Feliz cumpleaños, Pippa!" Timmy rugió
y la abrazó con fuerza como a un
tigre. "¡No puedo esperar a tu fiesta!"

Pippa se rió
encantada y le
agradeció a
Timmy antes
de continuar
su camino.

Pronto se encontró con Ruby el Conejo, que saltaba recogiendo flores.

"¡Feliz cumpleaños, Pippa!" Exclamó Ruby, con las orejas temblando de emoción. "¡Recogí estas flores sólo para ti!"

El corazón de Pippa se llenó de felicidad cuando aceptó el hermoso ramo de Ruby. Le agradeció a su amiga antes de adentrarse más en el bosque.

Mientras Pippa avanzaba, escuchó un crujido
entre los arbustos. Curiosa, miró dentro y
encontró una pequeña ardilla llamada Sammy,
que sostenía una pequeña bellota.

Pippa sonrió y aceptó la bellota, conmovida por la amabilidad de Sammy. Sabía que su cumpleaños iba a ser mágico con amigos como estos.

Finalmente, Pippa llegó al claro donde se celebraría su fiesta. Ella jadeó de alegría ante la vista que tenía ante ella. El claro estaba decorado con globos de colores, serpentinas y pancartas que se mecían suavemente con la brisa. En el centro de todo había un gran pastel bellamente decorado con cinco velas parpadeando encima.

"¡Sorpresa!" sus amigas saltaron entre los árboles y arbustos y gritaron.

El corazón de Pippa se aceleró mientras abrazaba a cada una de sus amigas, sintiéndose amada y querida. Todos se reunieron alrededor del pastel mientras Pippa pedía un deseo y apagaba las velas.

Pero justo cuando terminaba de apagar las velas, una traviesa ráfaga de viento barrió el claro, llevándose las velas consigo.

"¡Oh, no!" Pippa lloró, su corazón se hundió.
"¡Mi deseo de cumpleaños!"

Pero sus amigos simplemente se rieron y le aseguraron que su deseo aún se haría realidad. Todos se tomaron de las manos y cerraron los ojos, pidiendo un deseo juntos.

De repente, hubo un destello de luz brillante y el claro se llenó con el sonido de risas y alegría. Cuando Pippa abrió los ojos, no podía creer lo que veía.

Flotando en el aire había cientos de globos de colores, cada uno con una pequeña estrella titilante. Las estrellas bailaron y brillaron, proyectando un brillo mágico sobre todo el claro.

El corazón de Pippa se llenó de felicidad al darse cuenta de que sus amigos eran el regalo más grande de todos. Con su amor y amistad, cada día era una celebración.

Y así, rodeada de sus queridos amigos y las brillantes estrellas del cielo, Pippa supo que este sería un cumpleaños que nunca olvidaría. Porque en el corazón del Bosque de Bambú, donde los sueños se hacen realidad, todo era posible en la aventura del cumpleaños de Pippa el Panda.

Made in the USA
Las Vegas, NV
08 May 2024

89705942R00017